Les Poissons《レ・ポアッソン》
─双魚宮
赤松ますみ川柳集

赤松ますみ

文芸社

Les Poissons――双魚宮　もくじ

しゃぼん玉

頬擦りをせがんで困るぬいぐるみ

弟としたことのない背くらべ

まぼろしが見え隠れする手風琴

麻薬の混じっているかもしれぬ香を炷く

封筒の上から透かし見る中身

ものごとに動じぬための妖怪図

くつろいでいるのに誰か戸をたたく
音立てぬようにがんばるかくれんぼ
自動ドアとばかり信じてぶっつかる

金木犀の自己顕示欲鼻につく

掲示板　まだ見つからぬ迷い犬

ピアス穴開けずに通す自己主張

喜怒哀楽の哀の部分は話せない
足びれをつけているから沈めない
手に取って眺めただけの赤い靴

短冊に叶わぬ願い書いている

読み終えてすぐ言い訳したくなる手紙

乱心のどろどろ卵溶いている

仕返しを考えながら練る辛子

一回転すると別れる観覧車

神さまにあやかる鈴を振っている

銀色部分を削る道具となるコイン

帰宅時間はちょっと遅めに言っておく

美術館で違う絵を見ているふたり

一ミリのずれもないよう紙を折る
憎しみが湧くときは食欲がでる
無意識に空は青いと信じこむ

味わって噛む友達に似たししゃも

春には春の手紙を書いてくる男

寂しがりやが集まってくる楽器店

胡散臭い男相手に長電話
見逃してもらって返す笑い顔
偽善者の決まり文句を吐いている

釘を刺されなくても喋らない秘密

自分勝手に鳴ることもある非常ベル

目につく壁に貼る編集のスケジュール

三度目の校正熱が入らない
連絡をしてゆっくりと遅刻する
狭い間口の説明好きな生薬屋

恋文の上でりんごをむいている

慎重に広げつつある守備範囲

いつでも貼れる臨時休診中の札

似合う服ばかりで困る試着室

仕事机の上がだんだんおもちゃばこ

搭乗口から微妙にちがう風になる

花いちもんめやがてだあれもいなくなる

正論に向かって傾斜するドミノ

しゃぼん玉飛ばした先が晴れてくる

通せんぼされたらしぼむゴムの毬
ともだちの数をときどき足しておく
自尊心光らせている耳飾り

病室の中の明るい洗面所

鉢に住む金魚に届くEメール

国籍を問えば無口になる秋刀魚

砂山のどこか崩れる夜の音

仙人になるときはずす腕時計

カレンダーはがすと過去の音がする

異次元で着信音が鳴っている
金魚には金魚の水を入れる鉢
花の芽が出る音を聞くお月さま

りんごには聞きわけのいい種がある
決戦のときが来るまで坐る椅子
ひまわりが増えた分だけ暗くなる

裏切者のことば流れる掲示板
洗面台を磨くと空が晴れてくる
こわいものなしの菜の花の黄色

祝宴に敵から花束が届く
花嫁衣装の死装束のような白
たとえばの話が霧の中にある

裏切者といえない去っていく仲間

ついてなかった日に改めて見る暦

開花予報を秘かに読んでいる桜

傘立てに飽きられた傘立てである
生年月日を聞かれたことのない小石
昔昔に飛んだことある黒電話

観念をしたとき開く壜の蓋

楽しそうな声がするので戸を閉める

仕舞ったままの雛《ひいな》の呪いいつかくる

アルバムに貼るのは愛のない写真
友人に不幸ではない顔をする
行く先の道のどこかにある地雷

秋が来て気を取り直すチョコレート

一見は平和に見える家の門

どちらにも転んでみせる姫だるま

矢印が他人のためについている

隅々に毒を隠してある絵本

ポプラ並木を歩き続けて絵に入る

藤の房ゆれる悩みの相談所

牛乳が腐ると毒の味がする

なまぬるい池から出ない錦鯉

生き残るためのハッタリ考える
こうるさい男に蟹を食べさせる
太陽の塔にぶつかる冬の風

快気祝いが着いてうれしくなってくる

反省をするとき降ろすブラインド

地下鉄の終着駅の先の闇

鏡には虚像が映る美容室

媚びぬよう媚びぬようにと書く手紙

気やすめに置かれたくない招き猫

津軽三味聴き続けると狂えそう

小心者がきちんと守る締切日

薔薇になるときを静かに待っている

平方根から出よう出ようとする数字

箱庭の中の平和を考える

悪循環のように売られる宝くじ

殺気立つものを鎮める午前四時

頭でっかちにならぬようよくあそぶ

平凡を貫き通す蟬時雨

少しずつ縁切っていく年賀状

雨のこと忘れるために街に出る

映画館出ると日暮れのほうがいい

方角が同じ電車に乗る敵

暗闇の中を辿ってくる密書

印鑑を捺すと信用する世間

熱燗で退治しておく風邪の菌

出勤のふりをして行く小旅行

秋祭りには興味ないテロリスト

ケータイを持って行けない無人島

夕暮れの街に溶けこむ占い師

運命を変える財布を買いにいく

音立てて割れてすっきりしたガラス

強くなりたいときは遠くの山を見る

悪人の耳にも届く寺の鐘

石段の上まで続く理想論

紙吹雪　狂うチャンスを待っている

花火観るみんなさみしい小市民

海に降る雨

約束を違えて軋む髪の先
憎しみの形に割れた壜の口
微かに響く泣き声のある壺の中

窒息をしそうな蔦の絡む家
絹の音たてて手紙を裂いている
叫び声を聞いてもらえぬ曼珠沙華

野晒しにされて人形むきになる

真夜中に正しく刻を打つ時計

道端に割れたあけびの恥さらし

多分もうこの世で会えぬ昆布売り

うす暗い廊下で過去と擦れ違う

鞘を出て狂い始めた日本刀

剃刀にふっと力が入るとき
夕暮れにさみしくなって柿をむく
哀しみをいくつ封じた竹の節

本籍のわからぬ白い曼珠沙華

重いふとんでは眠られぬお人形

立ち入り禁止と書いた際まで行ってみる

待ちぼうけ　細かい雨が降ってくる
曖昧なかたちは嫌いシクラメン
諍いが甦る真夜中の耳

自由がなくなっていきそう　高い窓

満月が欠けて漏れはじめた秘密

生き急いでいるような思いがふとよぎる

鍛えていないくちびるすぐに切れてくる

挫折を告げる公衆電話低く鳴る

捨てられた仔犬を入れた布かばん

内緒ごと交わして竹は伸びていく
両耳を塞いでわたくしを通す
竹藪の隅っこにある犬の墓

朝焼けに光る五月のフラミンゴ
雨が降る淋しい今日の喫茶店
赤インクどろり垂らせば血の匂い

はなしのまとまる前にちぎれそうなボタン
まずガリバーの指の先から黄昏れる
あしたのために眠る深夜の観覧車

玩具屋にひとり佇む夕間暮れ
見劣りのせぬよう坐る晴れの席
壜底にもぐれば誰も追ってこぬ

憎しみが薄まるように持つ念珠
一念を貫いて咲く曼珠沙華
プライドが光るマーブルチョコレート

恐竜の骨を跨いで生きている
嫉みあう色鉛筆の十二色
体育館のせつないほどに光る床

神経が細いと割れるガラス瓶
つみびととなる水仙の首を折る
神さまを宿して光りだす螢

梅開く　涙ふりきるかたちして

許されて許したあとの白い骨

祭りから戻ってはずす鬼の面

年ごとに夢を壊して咲く桜
脱皮した壺が静かに割れている
桜見る月にんげんの顔をする

流転するあの世この世を舞う螢

はしたない遊びはしない昼の月

お子さまランチ　戦争なんて白昼夢

のっぺらぼうが歩く真昼の歩道橋

留守番電話の中に闇夜を詰めている

内海の執念深い水の色

月光の射し込む部屋に置くナイフ
罪人が行き交う街の交差点
昼顔のうすら笑いを見てしまう

非常口からするりと闇へ抜ける道

落ち葉踏むときたましいの音がする

冗談がいっこう通じない胡桃

おもちゃの手錠と思っていたらはずれない

川底にたくさん落ちている涙

静物画にされたりんごは動けない

竜胆の青が放ってくる強気
薔薇園の瘴気を放つ萬の薔薇
海底に静かに積んでいる刃物

子守歌とぎれて小米花が散る

おだやかに剃刀を置く洗面所

黄昏の鳥と一緒に閉じる羽根

むらさきを鎮めて朝がやってくる
鉄棒の冷たい金属のにおい
まるで死んでいる缶詰のサクランボ

眠る前にはそっぽ向かせる姫鏡

雨の降る海でのんびりする魚

狂い死にしていくような卍の字

つまずいてうっかり覗く別世界
満月の夜には光りだすいのち
あの世へと誘われていく花ぐもり

飛んでいく鳥を見ている暗い部屋
たましいの抜けてしまった貝の殻
海に降る雨みなしごになっていく

ガジュマルの樹の裏に降る雨の音
シャンソンを歌うおとなになるために
血を流すときを逃したお人形

髪に花挿したらきっと狂いだす

雨の日を黙って耐えるすべり台

見たことを口止めされている鏡

手びねりの皿が素直にすぐ割れる

長雨と押し問答をする樹海

マリオネットの糸に抗いあとがある

ご期待に添うように散る沙羅双樹
生きていて混みあってくる食器棚
鉄棒にさみしい影をぶらさげる

入り口から介護病棟への長さ
辛抱のない青柿が落ちている
悪知恵をふきこんでくる青い薔薇

伸びていく疑い深い木の根っこ

カーテンのひだを伝ってくる悪魔

考えごとをしている秋のスフィンクス

赤ピーマンと仲違いした黄ピーマン
記憶喪失になりにいく霧の中
高原に人見知りする花が咲く

お抹茶を点てた茶碗の中の森

平原で中間色になった風

薔薇園の薔薇　世の中の敵の数

プライドをきずつけぬよう花を剪る

道なりに行ったら着ける鬼ケ島

新しい夢みて朽ちていく落ち葉

あらぬほうばかり見ている黄水仙

負け犬の背中をぬらす春の雨

夢を見すぎた鳥を籠から出してやる

人見知り激しい青いガラス壜
ためいきをときどき洩らす常夜灯
雨になる　瓦礫の町のこと思う

晩秋の記憶にうすい蟬の殻

喪の家へ急ぐコスモス揺れる道

身の上を問うと点滅する夜景

善人を装っている寺の萩

人形は人形のまま息をする

機を織る手が夕暮れの色になる

日が暮れて北のにおいになるポスト
水彩がぼやける雨の日の手紙
たましいが透き通るまで毬をつく

双魚宮
レ・ポアッソン

ひとりあそびの紅を引いては拭いとる
泣きぼくろどっちつかずの運不運
口にふくめば儚い夜の桜桃

寂しい　と言って途切れるオルゴール

黄昏れて行くあてのないしゃぼん玉

絵付けしたこけしを見れば母の顔

気を張った葬儀の夜に少し泣く

暗記できない父の卒塔婆にある名前

自己嫌悪流し去るまで米を研ぐ

亡父恋し　行平鍋の白い粥

わたくしを忘れた母を明日見舞う

逢いに行く　しっかり羽根が生えたなら

意識して見れば哀しい月の翳

バカバカと叫ぶと少し楽になる

髪の芯までズキンズキンとひとを恋う

気怠さをひとり味わう朝の床
死ぬのもつらくないかもしれぬ雨が降る
変身のときが近づく雪予報

姫りんご　ないと言わせぬ嫉妬心

決心がついたら焼き捨てる手紙

逃げたわたしのあしあとのある雪の道

逢うてきた胸に漣立っている
疑心暗鬼の消えるまで嚙むアーモンド
愛されるようにお守り持っている

闇汁を食べて妖女になってやる

名を知ってさらに愛しくなる野花

羽根つけたままで天使は歳をとる

買ったばかりの仔犬につけてやる首輪
食べるためにする泣きそうになる仕事
くたくたのからだハニーで立て直す

梔子の花の茶色の意地っ張り

金平糖を入れて華やぐ紙の箱

朝霧を受けて目覚める薔薇の花

わたくしの感化を受けたとろい犬
クラクションョン鳴らされているのは私
おんな友達みんなジェラシー秘めている

行間に「挑戦状」とある葉書

小さく痛みだして気がつく吹出物

猜疑心消え去れせめてガムを噛む

わたくしのあげたポプリの匂う部屋
むらさきの花摘むように抱かれる
壜を覗いてわたしを少し歪ませる

ほんわかと昼間を過ごす誕生日

逢うときの眉をやさしい弧に描く

今日の魚座の愛情運をたしかめる

乗客をしっとり運ぶ夜のバス
双魚宮《レ・ポアッソン》の下に生まれて水の精
逢うてきた名残の髪を指で梳く

葡萄畑の緑に育ちゆく秘密

恋うひとに真っすぐ伸びる飛行雲

和解して食べるホワイトチョコレート

わたくしが溢れだしそう鈴鳴らす

うしろに影があるかときどき確かめる

わがままを通して蘭になりました

わたくしの居場所を残す桃をむく

病院へ通うやまもも熟れる道

曲線を描くはらはら泣くときは

美しい朝わたくしの誕生日

船出する朝は祈りに満ちている

青空を見るのが好きな洗面器

魔がさした夜に深爪してしまう
強がりの女がチェロを弾いている
捨ててきた過去キラキラと光りだす

おだやかに秋をむかえる髪を梳く

見果てぬ夢を見続けている百日紅

銀紙で作るわたしの逃げる舟

泣いていたその夜初雪が降った
血迷うて今日も一日過ぎていく
いもうとは一人もいらぬアマリリス

逢っているふたり影絵になっていく
手を振って目に焼きつけておく別れ
思い出し笑いの好きな朝の海

春風とあそぶ帽子を買いにいく
こいびとに逢うまで回るみずぐるま
つみびとのわたしを隠す薄原

守られているなと思う夜の月
泣かぬようイルミネーションつけた街
逆らってわたしをちゃんと見てもらう

別名保存して別人になりすます

内向性のキャベツ一枚ずつはがす

虹が立つこの世に未練あるように

噴水の前でわたしも水になる

葉牡丹を愛でてはいない父の死後

一区切りつけたら捲るカレンダー

幸福が降りてきそうな朝の虹

路地へ路地へとわたしを誘う白い蝶

ピーターパンが来そうで窓を開けておく

背泳ぎをするとまあるくなる地球

おさとうをかけてうっとりするトマト

落ちた桜を踏まないようにして歩く

わたくしを潰す花火を買いにいく
ひとりっきりになると聞こえる滝の音
窓開けて普通の人になっていく

いちじくのさみしい赤が今は好き
どの服も泣いた顔には似合わない
子供が待っている　と帰っていく男

泡立ちのいい石鹼に身を任す
ひとりにされたとたんに動きだす時間
抱きしめるより抱きしめられるほうが好き

逢いたさがつのる深夜のさくらんぼ

手をつなぐことができない星と星

地下鉄に乗ってわたしを捨てに行く

ひと恋いの乳房みるくのにおいする

悔いのないことばを選ぶ別れ際

昼の月　逝ってはならぬひとがいる

仏壇の蠟燭の火に映る父
夕焼けののち愛しあう月と星
なんにも喋らないけど母は生きている

わがままに回る夜中の洗濯機
こいびとがあそんでくれぬ年度末
お守りを持っているからだいじょうぶ

スクランブル交差点から蝶になる
パイプ椅子パキポキ過去を折りたたむ
生きていく限りは花を摘んでいく

逢うことが叶わぬ夜の髪の艶
冷えこみにともなう情緒不安定
流されたっていいかと思う雨の音

やさしさごっこ　きずつきたくはないふたり

未練がましいおんなのような朝の月

わたくしを守る角度に開く傘

きずあとがかゆくなるのを待っている

しあわせになるためにするお勉強

著者プロフィール

赤松　ますみ（あかまつ　ますみ）

1950年３月14日　兵庫県生まれ
1972年３月　関西大学文学部フランス文学科卒業
1995年９月　天根夢草氏指導の川柳講座から川柳作句を開始
1996年９月　「川柳展望」会員
1999年１月　第一川柳集「白い曼珠沙華」発刊
2001年４月　「川柳コロキュウム螢池」主宰
2003年６月　「川柳文学コロキュウム」代表

e-mail：artemis0314@tcct.zaq.ne.jp

Les Poissons《レ・ポアッソン》 ―― **双魚宮**　赤松ますみ川柳集

2003年8月15日　初版第１刷発行

著　者　赤松 ますみ
発行者　瓜谷 綱延
発行所　株式会社文芸社
〒160-0022　東京都新宿区新宿1－10－1
電話　03-5369-3060（編集）
03-5369-2299（販売）

印刷所　株式会社平河工業社

ISBN4-8355-6119-8 C0092